ULISSES

ULISSES

por Alaíde Lisboa

ILUSTRAÇÕES
Juliana Bollini

Copyright © 2013 texto José Carlos Lisboa de Oliveira

Copyright © 2013 ilustrações Juliana Bollini

Editores
Renata Farhat Borges
André Carvalho

Editora assistente
Lilian Scutti

Produção editorial
Carla Arbex

Produção gráfica
Alexandra Abdala

Assistente editorial
César Eduardo Carvalho

Projeto gráfico e capa
Thereza Almeida

Fotografia
Leonardo Crescenti

Tratamento de imagem
Márcio Uva

Impressão
Corprint

Editado conforme o Acordo Ortográfico da Língua Portuguesa de 1990.

1ª edição, 2013

Dados Internacionais de Catalogação na Publicação (CIP)
Angélica Ilacqua CRB-8/7057

Oliveira, Alaíde Lisboa de, 1904-2006.
Ulisses / Alaíde Lisboa; ilustrado por Juliana Bollini.
São Paulo: Peirópolis, 2013.
il., color

ISBN: 978-85-7596-304-3

1. Literatura infantojuvenil 2. Mitologia grega I.
Título II. Bollini, Juliana

13-0044   CDD 808.899282

Índices para catálogo sistemático:
1. Literatura infantojuvenil – mitologia grega

Editora Peirópolis Ltda.
Rua Girassol, 128 | Vila Madalena | 05433-000 | São Paulo/SP
Tel.: (11) 3816-0699 | Fax: (11) 3816-6718
www.editorapeiropolis.com.br
vendas@editorapeiropolis.com.br

SUMÁRIO

O CAVALO DE TROIA, 7

O GIGANTE POLIFEMO, 17

AS SEREIAS, 26

CIRCE, 35

NAUSÍCAA, 39

PENÉLOPE, 45

BIOGRAFIAS, 52

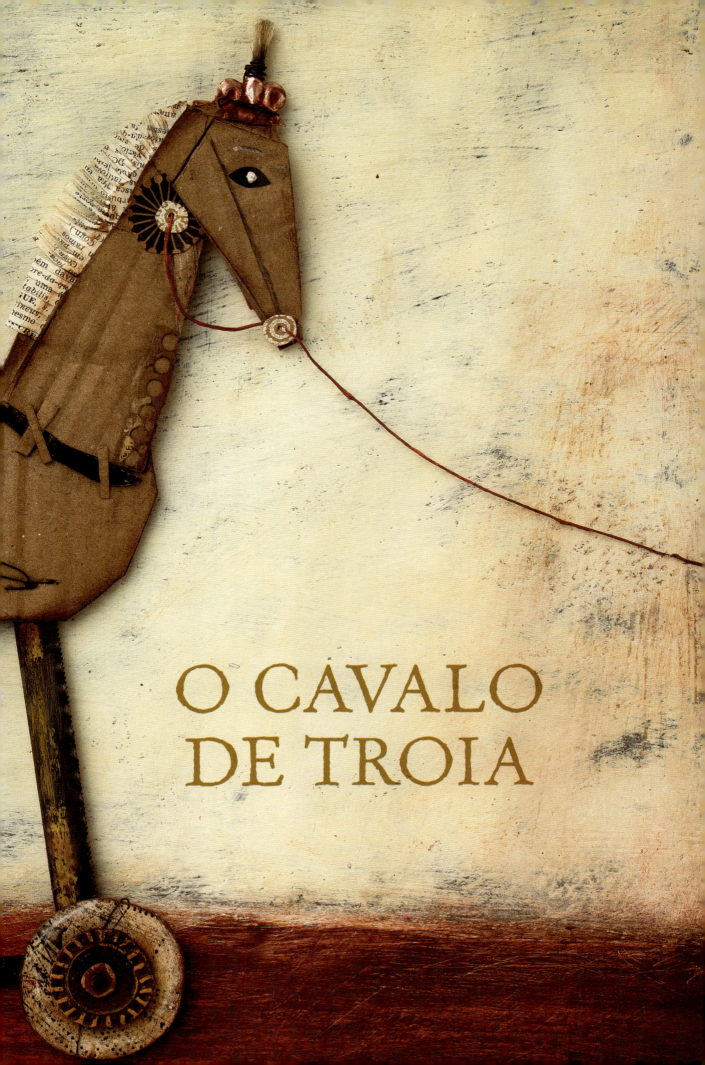

— Quem é você?

— Eu sou um pouco de tudo que encontrei em meu caminho. Costumam chamar-me de Ulisses ou de Odisseu. Serei Ulisses para você. Vou contar estórias de minha movimentada vida.

Em tempos que vão longe, houve uma guerra entre a Grécia, na Europa, e Troia, na Ásia Menor. A causa foi a beleza de uma mulher grega que se chamava Helena e a deslealdade de um troiano que se chamava Páris. Parece que os homens andam sempre procurando pretextos para lutas. Os tempos mudam, os pretextos mudam e as guerras continuam. Eu preferia não ir à guerra. Mas há motivos mais fortes do que a vontade de um só homem, que impõem sacrifícios e renúncias.

Fui à guerra. E, desde que fui, lutei e lutei como um bravo. Eu agia sempre com reflexão, era bem inspirado, todos reconheciam minha astúcia. Foi pela astúcia, depois de muita luta, que terminamos a guerra de Troia com a vitória dos gregos.

E foi assim:
Sugeri aos meus companheiros que fizéssemos um grande cavalo de pau, sobre quatro rodas. E o fizemos. Ordenei que muitos soldados dentro dele se escondessem. E os soldados obedeceram. Colocado o cavalo às portas de Troia, simulamos uma retirada. Os soldados chegaram a voltar à praia, entrar nas barcas e remar, como se fugissem.
Os troianos, curiosos com o grande cavalo ali tão perto, foram buscá-lo e puseram-no do lado de dentro dos muros de Troia. Acharam pesado aquele cavalo estranho, mas não tentaram rompê-lo.

À noite, os soldados gregos saíram sorrateiramente de dentro do cavalo e abriram as portas de Troia, enquanto os outros gregos já voltavam da praia. Apanhados de surpresa, foram derrotados os valentes troianos.
Os gregos, vitoriosos, voltaram à sua pátria.

Meu fado foi triste, muitos obstáculos encontrei em meu caminho. Se não agisse com a cabeça, se não fosse bem inspirado, se não tivesse a astúcia que em mim os outros viam, estaria perdido.

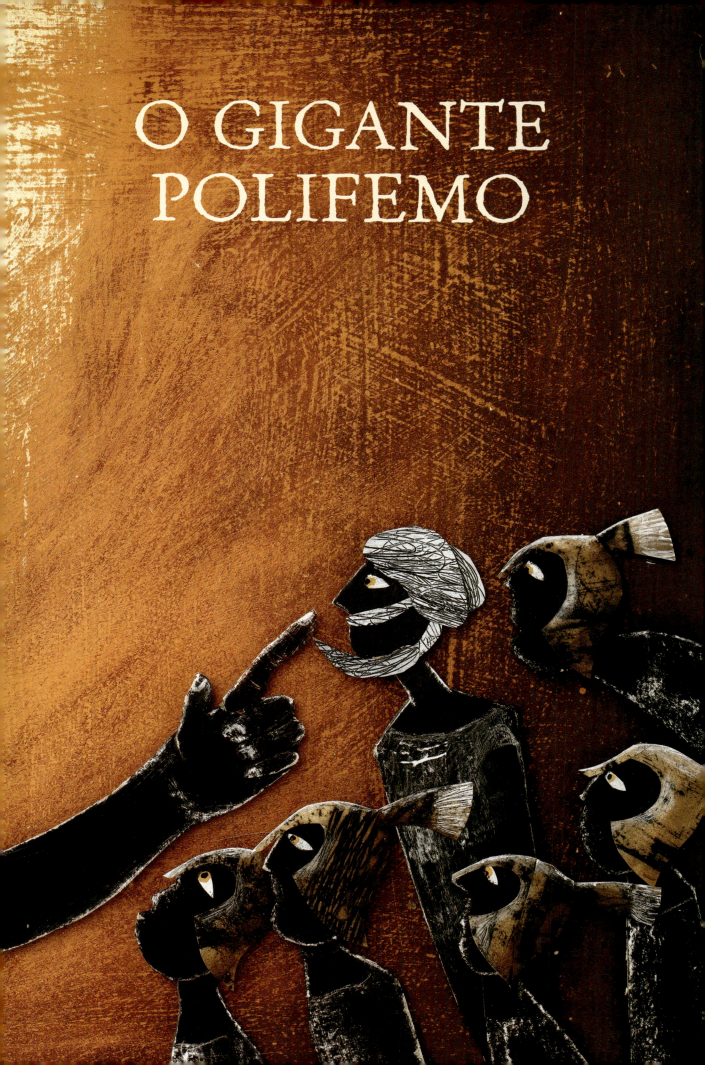

Uma forte tempestade esteve a ponto de afundar o navio em que viajava com meus companheiros. Só havia uma solução: procurar a ilha mais próxima para desembarcar. E foi o que fizemos. Chegando à ilha, começamos a andar, até que avistamos uma grande caverna. Assim que dela nos aproximamos, verificamos que lá havia grandes talhas de leite ainda fresco e outros sinais de que a caverna era habitada. Ali entramos e ali permanecemos, eu e alguns poucos companheiros, quando veio chegando o dono daquela morada — um gigante de imenso tamanho, com um olho só e bem no meio da testa, carregando ele, sozinho, uma pedra que vinte homens fortes não conseguiriam sequer levantar. Acompanhava o gigante um rebanho de carneiros enormes. O gigante fez entrar os carneiros e fechou a entrada da caverna com a pedra. Corri ao seu encontro e lhe ofereci um pouco do vinho que eu trazia e, então, pedi que me protegesse e a meus companheiros.

Polifemo, assim se chamava o gigante, gostou do vinho, mas não se podia esperar dele misericórdia, porque era comedor de homens e bichos.

Em todo caso, prometeu que me comeria por último. Perguntou o meu nome e eu respondi:

— Ninguém.

O gigante declarou:

— Ninguém será o último que comerei.

Passaram-se seis dias e seis noites de terror. Na sétima noite resolvi defender-me: agucei a ponta de um pau e, enquanto o gigante dormia, feri-o no olho. Aos gritos de Polifemo, habitantes da ilha se aproximaram para socorrê-lo.

Aconteceu que os amigos do gigante não podiam entrar porque a caverna estava fechada pela grande pedra. Quem teria força para empurrá-la? De fora os amigos perguntavam:

— O que há por aí, Polifemo?

Ele respondeu:

— Amigos, Ninguém quer matar-me, Ninguém me feriu enquanto eu dormia.

E os amigos responderam:

— Se ninguém te magoa e se estás sofrendo, teus sofrimentos vêm de cima e não há remédio senão resignar-te.

E os amigos se foram. Eu e meus companheiros continuávamos presos. De madrugada, Polifemo retirou a pedra para deixar seus carneiros pastarem, ficou ao lado vigiando e, como não via, passava a mão em cada carneiro que saía para evitar que nós fugíssemos. Tive uma inspiração: prendi meus homens contra a barriga dos carneiros, um a um, e agarrei-me ao maior carneiro, também pela barriga. E assim todos passamos pelo gigante e não fomos apanhados. Já do lado de fora, corremos para nosso navio, preso ainda à praia, e continuamos a navegar, rumo a Ítaca, minha querida ilha grega.

AS SEREIAS

Continuávamos a navegar, mar manso, vento favorável, temperatura agradável. Todos nos sentíamos bem, quando ouvi, por ter o ouvido mais sensível, ainda de longe, o canto das sereias. Eu sabia o perigo que todos corríamos e apressei-me em mandar pôr cera no ouvido dos navegantes. Deixei meus ouvidos abertos porque uma grande curiosidade de ouvir aquele canto me atormentava.

    Os navegantes que ouvissem o canto fascinante seriam atraídos, levados ao fundo do mar e destruídos sem piedade. Ao nos aproximarmos do local de onde vinham as vozes, comecei a ser envolvido pelo encantamento de sons que flutuavam no mar e vinham até mim, como dedos invisíveis que me agarravam tentando levar-me. Enrolei-me nas cordas do navio, mas queria desvencilhar-me das garras para ir ao encontro das sereias que cantavam tão maravilhosamente. Pedi aos meus companheiros que me ajudassem a soltar-me das cordas, aos gritos, mas eles não me ouviam porque tinham os ouvidos cheios de cera. E o navio continuava a navegar e foi afastando-se lento e lento do perigoso canto das sereias. Fomos, assim, mais felizes do que outros navegantes que naquelas paragens ouviram o canto e perderam a vida.

CIRCE

Outro perigo nos esperava. Fomos ter nas terras de uma feiticeira, sim, a feiticeira Circe. Com seu aspecto gentil, recebeu-nos amavelmente e ofereceu-nos um vinho por ela mesma preparado. Observei que, logo que meus companheiros beberam o primeiro gole, foram transformados em animais estranhos. Esquivei-me de tragar a perigosa bebida. Circe percebeu minha astúcia e louvou minha prudência. Demonstrou mesmo admiração por mim. Eu não era para a feiticeira um homem vulgar. Procurou agradar-me e propôs-me que lhe fizesse qualquer pedido. Pedi-lhe então:

— Faça voltar à forma humana todos os meus homens que se transformaram em animais e deixe-nos partir; minha mulher e meu filho me esperam em Ítaca.

Respondeu-me ela:

— Está atendido.

Voltados à forma de homens, meus companheiros e eu continuamos a viagem.

Parecia que os fardos experimentavam-me. Vencida uma dificuldade, outra surgia logo após.

Nova tempestade, desta vez mais rápida e mais violenta, afundou nosso navio. Uma jangada atirada ao mar nos salvou – por um momento –, porque logo após uma onda tremenda virou a jangada e fui lançado ao mar. Nem sei como pude lutar dois dias e duas noites contra as águas, até que ondas benfazejas me atiraram à praia da Feácia. Dormi toda a noite como se estivesse desmaiado. Acordei na manhã seguinte com vozerio de lindas donzelas, quando a bola com que brincavam caiu a meus pés. Levantei-me, vesti-me de folhas verdes e surgi no meio delas. Todas fugiram de mim como de um fantasma. Todas não, uma ficou: Nausícaa, filha do rei da Feácia, que se dirigiu a mim e me convidou para acompanhá-la até o palácio de seu pai.

Fui muito bem tratado. Ali encontrei repouso, alimento e atenção. Procurei retribuir a hospitalidade, narrando minhas aventuras.

O rei valorizou meus feitos, compreendeu minhas vicissitudes e me ofereceu um navio tripulado por marinheiros feácios para me acompanharem a Ítaca. Até hoje me lembro daquele bom rei e de sua linda e gentil filha Nausícaa.

Continuei a caminhada. Novo obstáculo me atrasa a volta. Nosso navio foi de encontro a um rochedo, ficando como que petrificado. Não sei explicar como pude ainda chegar com vida a Ítaca.

Da guerra de Troia àquele momento quase vinte anos tinham se passado. Deixara eu mulher e filho, Penélope e Telêmaco, e meu coração ansiava por reencontrá-los. Foram duros aqueles anos de espera, para mim e para eles. Grandes senhores, tendo-me por morto, quiseram casar-se com Penélope. Ela os evitava. A insistência continuava ano após ano. Já no final as propostas de casamento eram quase imposição.

Ela também foi astuciosa, pois prometeu responder quando terminasse uma tela iniciada, mas à noite Penélope desmanchava o que tecera de dia. E assim o tempo passava. Justamente na noite de minha chegada, os príncipes das cidades vizinhas se encontravam em minha casa e disputavam, com impertinência, pela última vez, a mão de Penélope. Aqueles barulhentos príncipes bebiam e comiam à vontade no meu próprio lar.

Cheguei devagar, vestido como mendigo, fisionomia desfigurada pelas lutas e pelo cansaço – ninguém poderia reconhecer-me. Fui reconhecido assim mesmo pelo meu velho cão que, já trôpego, deu apenas um alegre latido, lambeu minhas mãos e caiu morto a meus pés.

Ao ver aqueles intrusos na minha casa, resolvi libertar-me deles de uma vez. Usei pela última vez minha astúcia: penetrei na sala, como mendigo, pedi o que comer e propus que os presentes demonstrassem comigo suas habilidades. Todos riram, zombando do mendigo que eu parecia ser. Mas pegaram o arco e as flechas. Riram mais ainda quando retesei o arco e aprontei-me para atirar. Mas as risadas duraram pouco e cessaram logo que minha primeira flecha atingiu rápida e certeira o alvo, mais rápida e mais certeira do que a de qualquer um dos presentes.

Fui, então, aplaudido. Quando gritei que era Ulisses, os aplausos transformaram-se em gritos de desespero. Mulher e filho me reconheceram. Com Telêmaco a meu lado, minhas flechas voavam. E assim desapareceram os pretendentes de Penélope.

Desse modo, cheguei ao fim de minhas agitadas peregrinações.

ULISSES, Odisseus, Odisseu, Laertida, rei de Ítaca... O homem que, no meio dos maravilhosos seres de outros mundos, escolheu voltar para sua humanidade, sua casa, sua terra... O que preferiu uma esposa mortal e um reino perecível a sereias e ninfas, e assim ganhou a eternidade. Ulisses, o fabricador de fantasias, o esperto e engenhoso construtor do cavalo de pau que, trazendo na barriga guerreiros sem conta, na velha e rica Troia despejou soldados e alcançou a vitória dos gregos.

Suas aventuras foram cantadas pelos amigos das Musas, filhas da Giganta Memória, nascida na Grécia nos primórdios. Dizem que um desses cantadores arcaicos se chamava Homero, viveu no século VII antes de Jesus Cristo e era cego... Se é certo, ninguém sabe, se foi cego mesmo ou se foi um simples poeta, um refém ou um arranjador de narrativas, sabe, com certeza, ninguém...

Tão cheia de peripécias era sua trajetória – no mar, no fundo da terra, nos lugares escondidos de bruma e luz – que ele nunca mais saiu da poesia. Dante se admira e dedica a Ulisses um trecho no canto XXVI do Inferno d'*A Divina Comédia*. Camões, James Joyce, Mário de Andrade, todos vieram depois se inspirar nos vinte anos de errância do guerreiro estrategista que nos mostrou que a paciência nos leva longe e nos faz retomar o caminho de casa.

Tereza Virgínia Ribeiro Barbosa, professora de grego na Universidade Federal de Minas Gerais (UFMG).

ALAÍDE LISBOA DE OLIVEIRA, mineira de Lambari, nasceu em 22 de abril de 1904. Exerceu carreira política, acadêmica e artística. Como escritora, publicou cerca de trinta livros, entre ensaios da área de educação, didáticos e literários. É autora dos clássicos *A bonequinha preta* e *O bonequinho doce*, entre outros títulos infantojuvenis que receberam premiações e reconhecimento de várias gerações de leitores.

O livro *A bonequinha preta* é considerado um clássico da literatura infantil. Foi editado pela primeira vez em 1938 e continua, em reedições sucessivas, encantando leitores de todo o país, com mais de 1 milhão de exemplares vendidos.

Ainda para crianças, Alaíde recontou fábulas de Fedro no livro *Como se fosse gente*, premiado na França (Prêmio Lês Octogones – 90), e em *Outras fábulas*. Assim como outros de seus livros, este recebeu o título "Altamente Recomendável" da Fundação Nacional do Livro Infantil e Juvenil (FNLIJ). Além desses títulos, publicou *Ciranda, Edmar – esse menino vai longe*, *Gato que te quero gato*, *Mimi fugiu*, *Cirandinha*, *Era uma vez um abacateiro*, e a série didática *Meu coração*.

Alaíde foi a primeira vereadora de Belo Horizonte em 1949. Tornou-se conhecida também por sua carreira acadêmica na área de Educação. Durante muitos anos lecionou e coordenou cursos em universidades mineiras.

Em abril de 1979, logo após a aposentadoria, recebeu o título de Professora Emérita da Universidade Federal de Minas Gerais (UFMG) pelos relevantes serviços prestados à instituição e por sua significativa contribuição à educação brasileira.

Exerceu o jornalismo em *O Diário* (MG), durante quase quinze anos, quando dirigiu o suplemento infantojuvenil "O Diário do Pequeno Polegar", de 1948 a 1960. Representou em Minas a Fundação Nacional do Livro Infantil e Juvenil (FNLIJ). Foi membro da Academia Municipalista de Letras de Minas Gerais, da Academia Feminina Mineira de Letras e da Academia Mineira de Letras.

À época de seu centenário de nascimento, lançou *Se bem me lembro...*, texto leve e acessível a leitores de todas as idades.

Faleceu em 4 de novembro de 2006, aos 102 anos, em Belo Horizonte.

JULIANA BOLLINI nasceu e estudou Artes Plásticas em Buenos Aires, Argentina, mas fixou residência em São Paulo. Fascinada por papel e sucatas, começou a trabalhar com modelagem e recortes em papel na década de 1990, descobrindo um estilo próprio na utilização de técnicas mistas.

Em 2012, participou da Mostra Internazionale dell'Illustrazione per l'Infanzia de Sarmede, na Itália, e o livro *Papai é meu!*, ilustrado por ela, ficou entre os 30 melhores livros infantis da revista *Crescer*.

Para este quarto livro que ilustra, Juliana pesquisou os costumes e a estética da época. Junto com Ulisses, viajou por mares desconhecidos e terras misteriosas, em sua trajetória sofrida e persistente em busca do conhecimento, até chegar em casa e encontrar com a sua amada. Com Penélope, mergulhou na leveza da figura feminina e, por meio da trama firme do tear, sentiu sua força, dedicação e paciência.

www.editorapeiropolis.com.br

MISSÃO

Contribuir para a construção de um mundo mais solidário, justo e harmônico, publicando literatura que ofereça novas perspectivas para a compreensão do ser humano e do seu papel no planeta.

A gente publica o que gosta de ler: livros que transformam.